جبران

Халил
ДЖИБРАН

Пророк

АЗБУКА

Санкт-Петербург

УДК 821.111(73)
ББК 84(7Сое)
Д 41

Перевод с английского Сергея Таска

Серийное оформление Вадима Пожидаева

Оформление обложки Валерия Гореликова

ISBN 978-5-389-07951-9

ТАК ГОВОРИЛ ДЖИБРАН

Великие книги пишутся *вопреки*. Вопреки всему. Житейской логике, эпохе, обстоятельствам. Они пишутся по одной простой причине — так было угодно небесам. В этой предопределенности слышится поступь Командора. Смертный бросает вызов вечности. И начинается отсчет недель, часов, минут...

К главной книге своей жизни Халил Джибран (1883–1931) шел тридцать семь лет. Все, что им было сказано *до* и будет сказано *после*, — это горная гряда вокруг одинокой вершины. Велико искушение так высоко забраться, но расплата неотвратима. На своем чествовании в 1929 году он разрыдался: «Это трагедия. Я утратил свой природный дар... Я не способен писать, как когда-то».

Что остается Моисею, который поднялся на Синай и говорил с Богом? Только разбить скрижали. А в Землю обетованную спустя сорок лет войдут другие.

О Джибране известно и много, и мало. Считая любопытство большим пороком, в разговорах о себе он либо отмалчивался, либо слегка расцвечивал свою биографию. Он называл это «креативной правдой». И пояснял: если вы спросите у араба, чем он поужинал, то в ответ можете услышать «нектаром и пищей небесной», хотя на самом деле все ограничилось картошкой или бобами. Но ваш собеседник не солгал, просто таким образом он вышел из затруднительного положения, в которое вы его поставили. Джибран мог сказать, что он родился в Бомбее или что Роден при встрече назвал его величайшим поэтом, но эта невинная провокация преследовала вполне серьезную цель: думайте своей головой, ищите ответы в творчестве, а не в сенсационных «фактах». Давайте же ограничимся более или менее достоверными свидетельствами.

Вся жизнь Джибрана была преодолением. Он родился у подножия горы Ливан, на территории Сирии, и до двенадцати лет, запрокинув голову, смотрел на недостижимую снежную макушку. На что рассчитывал сирийский мальчик из деревушки Бешарри? Какие слова вознамерился сказать миру юный мистик из секты христиан-маронитов, производивший свою родовую фамилию от арабского корня *jebr* или *aljebra*? До ответа пока далеко. Сначала надо было пережить семейный позор (отец получил срок за финансовые махинации). Бегство в Америку. Нищету в арабском квартале Бостона. Смерть младшей сестры и матери. Свое изгойство в новой культуре. На его счастье, нашлись люди, разглядевшие в юноше таланты — прежде всего рисовальщика. Одно имя по крайней мере должно быть названо: Мэри Хаскелл, учительница по профессии. На протяжении семнадцати лет она безвозмездно ссужала Джибрана деньгами, снимала для него студии в Нью-Йорке, оплатила его стажировку в Париже, помогла ему освоить английский язык и, наконец, отредактировала его первые книги, включая «Пророка». Этой женщине, которая даже не была с ним близка, он завещал полтора десятка рисунков и... свое сердце. (Тело, согласно его воле, будет предано земле в родной деревне.) Без этого проводника-шерпа не состоялось бы великое восхождение. Или лучше так: кому-то было угодно, чтобы Мэри помогла ему взойти на вершину.

В этом хрупком с виду юноше была сила травы, пробивающей асфальт. Как художник он возжелал ни много ни мало нарисовать портреты всех знаменитых современников — и отчасти преуспел. В его галерее, среди прочих, Юнг, Йейтс, Сара Бернар, Джузеппе Гарибальди. Как писатель он мечтал создать произведение, абсолютное в своей завершенности, своего рода новую Библию. А как человек... он признался Мэри, что с удовольствием бросил бы живопись и литературу ради Учительства. «Пророк» потерял кавычки.

Альмустафа напрямую не связан ни с Кораном, ни с Библией, хотя соблазнительно провести параллели с образом Христа. Это пророк нового времени, чьи слова должны были предотвратить холокост и остановить лихих парней с «Индианаполиса», сбросивших «Малыша» на Хиросиму. Оставалось только эти слова услышать, но со слухом у потомков Адама и Евы, как известно, всегда были проблемы.

Для осуществления столь дерзкого замысла мало в совершенстве овладеть языком Шекспира, которого, вместе со Священным Писанием и современными классиками, он постоянно штудировал. Тут нужен особый строй мыслей, особое внутреннее состояние. Рассуждая о преступлении и наказании (так называется одна из глав его поэмы, над которой он в тот момент трудился), Джибран признается: «Этот предмет мне весьма близок. Я не могу отделить себя от преступника. Когда читаю о какой-нибудь подделке, то чувствую себя фальсификатором; читаю об убийстве — чувствую себя убийцей. Если один из нас совершает какое-то действие, мы все его совершаем, и то, что делает все человечество, делает каждый из нас». В психологии это называется *эмпатия* — умение полностью отождествить себя с другим. Трудно сказать, был ли знаком Джибран с эпистолярным наследием Джона Китса, чьи стихи он высоко ценил, но именно это состояние описывал рано ушедший английский гений в одном из своих писем.

Если тотальная любовь и абсолютная гармония со всем сущим — две доминанты поэмы Джибрана — позволяют возвести генеалогию «Пророка» к Песни песней, особо чтимой на Ближнем Востоке, то мудрое приятие жизни и смерти, а также весомость каждого слова роднят поэму с другой книгой царя Соломона — «Притчами». Стилизуя свою вещь с оглядкой на библейские образцы, вводя покрытую патиной времени лексику и устаревшие грамматические обороты, автор, однако же, был серьезно озабочен соблюдением меры. В письмах Джибрана то и дело звучит лейтмотив: не слишком ли архаичен и книжен мой английский язык? Насколько ему удалось избежать тяжеловесного стиля, равно как и назидательного тона («нет ли здесь налета проповеди?»), как говорится, судить читателю.

Еще один важный литературный ориентир — «Так говорил Заратустра» Фридриха Ницше, хотя тут уместнее говорить не о сближениях, а об отталкивании. Восхищаясь языком своего немецкого предшественника, Джибран принципиально расходится с ним в мировоззрении. Заратустра — поджигатель и разрушитель; Альмустафа — строитель и созидатель. Первый в ожидании преображения живет анахоретом в пещере, второй — среди людей, тесно общаясь с ними, путеводя их. Заратустра ищет и находит в человеческом роде исключительно слабости; Альмустафа выявляет и всячески подчеркивает его силу. Бог одного мертв, тогда как Бог другого жив и прекрасен. Однако есть и несомненные параллели. Например, в трактовке состояния современного человека и пути его духовного возрождения. Согласно Заратустре, сверхчеловек (Übermensch) должен победить человека, который, в свою очередь, победил в себе обезьяну. Ту же, в сущности, триаду — человек-великан (the vast man), человек, пигмей — находим у Джибрана. Сходным образом оба используют *танец* как метафору божественного начала и символ обновления. Но не будем утомлять читателя перечислением формальных заимствований, вольных или невольных. Принципиально другое: Джибран — не философ, а визионер, его мир — сугубо поэтический, на чем он сам настаивает. Вот характерная обмолвка: «У него [Ницше] аналитический ум... а аналитический ум слишком много говорит».

Чуткий к языку и всегда дотошный в работе над текстом, Джибран вместе с тем не был пуристом. В созданном им литературном кружке «Аррабитах», объединившем сирийских писателей Нью-Йорка, держались таких заповедей: «Если не существует слова для выражения вашей идеи, позаимствуйте или изобретите его... Если вам нужно употребить свежий оборот, а синтаксис этому препятствует — долой синтаксис...». Переводчику Джибрана, которому предстоит разгадывать хитроумные головоломки и решать неразрешимые задачи, прежде чем приступить к делу, стоит вооружиться этими заповедями.

После «Пророка» из-под пера Джибрана вышло еще около десятка книг: афоризмы, притчи, стихотворения в прозе и стоящее особняком — вослед Ренану — жизнеописание Иисуса. Но если вернуться к вопросу о духовном, если не творческом кризисе, пережитом им после создания его *opus magnum*, то интерес для нас представляет прежде всего... ненаписанная вещь. В третьей книге об Альмустафе (вторая,

«Сад Пророка», увидела свет в 1933 году) герой, по замыслу автора, возвращается в Орфалес, где его сначала бросают в тюрьму, а затем толпа забивает его камнями на площади... Светлое пророчество не было услышано. Умерло пшеничное зерно, павшее в землю.

Впрочем, что бы сам Джибран ни говорил о своем творческом кризисе, слава «ближневосточного Тагора» как в Америке, так и на его родине росла стремительно и желающих идти за новым мессией день ото дня прибавлялось. Период затянувшегося отшельничества оборвался с пугающей внезапностью. Публичные лекции, чтения, светские мероприятия. Письма прозелитов, желавших «просвещения» и «благословения». Не отставали и критики. Появились неологизмы: *джибранит* — новый человек... *джибранизм* — философия полной свободы и непредвзятый взгляд на человека и социальные явления. Справляться с агрессивным натиском внешнего мира становилось все труднее, а тут еще участились болевые приступы... Последние слова Халила Джибрана: «Не волнуйтесь. Все хорошо».

Сергей Таск

Пророк

ПРИХОД КОРАБЛЯ

Альмустафа, избранник и возлюбленный Божий, провозвестник нового дня, ждал в городе Орфалесе долгие двенадцать лет, когда вернется корабль и заберет его на остров, где он был рожден.

И на двенадцатый год седьмого дня месяца Иелула, месяца жатвы, взошел он на холм, возвышавшийся за городской стеной, и обратил взор свой к морю, и увидел корабль, надвигавшийся вместе с туманом.

Тогда врата его сердца распахнулись, и радость его полетела над морем. И закрыл он глаза, и молился в безмолвии души своей.

Но когда спускался он с холма, им овладела печаль, и подумал он в сердце своем:

«Уеду ли я отсюда умиренный и беспечальный? Нет, с уязвленным духом оставлю я этот город.

Долгими были дни боли и ночи сиротства, проведенные в его стенах; а кому дано расстаться со своей болью и сиротством без сожалений?

Часть души моей осталась на этих улицах, возлюбленные чада мои невинные блуждают среди холмов, и я покидаю их с тяжелым сердцем и болью.

Не одежды сбрасываю я сегодня, но собственную кожу своими руками с себя сдираю.

Не раздумья оставляю я здесь, но сердце, сладко ноющее от голода и жажды.

А все же медлить нельзя.

Море, которое зовет в свои объятия все сущее, призвало меня, и я должен взойти на корабль.

Ибо остаться, как бы ни горел каждый час светильником в ночи, значит застыть, превратиться в глыбу льда.

Тщетно пытаться забрать все это с собой. Как я это сделаю?

Не может голос унести с собой язык и губы, давшие ему крылья. В одиночестве будет он рваться в эфир.

Как орел, оставив внизу гнездо, в одиночестве воспарит к солнцу».

И когда достиг он подножия холма, то вновь обратил к морю взор свой и увидел, как корабль входит в гавань, и увидел на носу корабля мореходов, своих соплеменников.

И душа его воззвала к ним, и он сказал:

«Сыновья моей праматери, покорители морских зыбей,

Сколько раз видел я вас бороздящими моря, но то был сон, а ныне явь, которая есть еще более глубокий сон.

Я готов, паруса мои подняты и только ждут, когда их наполнит ветер.

В последний раз наберу в легкие этот недвижный воздух, в последний раз с любовью обернусь назад,

И займу место рядом с вами, мореход среди мореходов.

И к тебе я взываю, безбрежное море, бессонная мать,

В чьих объятиях реки обретают покой и свободу:

Позволь мне насладиться последней излучиной реки, последним шепотом рощи,

И я вольюсь в тебя, безмерная капля в безмерный океан».

И он увидел, ка́к всюду мужчины и женщины оставляют свои поля и виноградники и спешат к городским воротам,

И услышал, как они выкликают его имя и громко сообщают друг другу о приплывшем корабле.

И сказал он себе:

«Не станет ли день расставания днем великого стечения народа

И не обернется ли мой закат новой зарей?

И что скажу тому, кто бросил свой плуг в борозде, и тому, кто оставил свою давильню?

Будет ли сердце мое деревом, обремененным плодами, которые соберу и раздам,

И желания мои — живой водой, коей наполню их чаши?

Арфа ли я, чьи струны перебирает Всемогущий, или флейта, одушевляемая Его дыханием?

Я, взыскующий безмолвия, какие нашел в нем сокровища, чтобы щедро делиться ими?

Если се день моей жатвы, где те поля, что я засеял, и почему память не сохранила даже времени года?

Воистину, если пробил мой час поднять светильник, то не мною он будет зажжен.

Пустым и темным подниму я свой светильник,

И страж ночи наполнит его маслом и затеплит огонь».

Он высказал это словами, но главное в его сердце осталось недосказанным. Ибо он и сам не мог изречь своей сокровенной тайны.

И когда он вошел в город, люди устремились ему навстречу и все как один воззвали к нему.

И выступили вперед старейшины города и сказали:

«Не спеши уходить от нас.

Полднем ты был в наших сумерках, и молодостью твоей питались наши сновидения.

Не чужестранец ты среди нас и не гость, но сын возлюбленный.

Не утомились еще очи наши, жаждущие тебя видеть».

А жрецы и жрицы сказали ему:
«Да не разделят нас моря, и годы, что ты провел с нами, да не отойдут в воспоминания.

Дух твой бродил среди нас, и тень твоя озаряла наши лица.

Крепко любили мы тебя, но безмолвна была наша любовь, сокрытая покровами.

Но сейчас во весь голос кричит она о себе, и вся она открывается пред тобой.

Во все времена не ведала любовь, сколь она глубока, до часа разлуки».

И приходили другие и тоже увещевали его. Но он им не отвечал, а только склонял голову, и стоящие рядом видели бегущие по его лицу слезы.

Люди же, и он вместе с ними, направлялись к большой площади перед храмом.

И вышла из святилища женщина по имени Альмитра, ясновидящая.

И взглянул он на нее с особой нежностью, ибо она первая поверила в него, когда он только пришел в город.

И она приветствовала его, говоря:

«Пророк Господень, взыскующий высшей истины, давно уже высматривал ты вдали свой корабль.

И вот он здесь, и ты должен отплыть.

Всем сердцем стремишься ты к земле своих воспоминаний, к обители своей великой мечты, и не нашей любви привязать тебя, и не нашей нужде удержать тебя.

Но прежде чем ты нас покинешь, обратись к нам с последним словом и поделись своей мудростью.

Мы передадим ее нашим детям, а те своим детям, и она не канет в вечность.

Одинокий, присматривал ты за нашими буднями; бодрствующий, прислушивался к тому, как во сне мы смеемся и плачем.

Так покажи нам самих себя и поведай, что открылось тебе, все, что ни есть между рождением и смертью».

И он ответил:

«Жители Орфалеса, о чем еще я могу говорить, кроме как о том, что в эту минуту волнует ваши души?»

О ЛЮБВИ

Тогда попросила Альмитра: «Скажи нам о любви». И он обвел взглядом толпу людей, и воцарилось среди них молчание. И громким голосом сказал он так:

«Когда любовь призовет вас, идите за ней,

Хотя стезя ее крута и не сулит легкой прогулки.

И когда ее крылья объемлют вас, отдайтесь ее объятиям,

Хотя спрятанное в оперении острие может ранить вас.

И когда она заговорит с вами, отнеситесь к ее словам с доверием,

Хотя голос ее может развеять ваши мечты в клочья, как северный ветер опустошает сад.

Любовь коронует, но она же и распинает. Она взрастит, но она же и ограничит.

Она проникнет в крону и погладит нежнейшие побеги, трепещущие в лучах солнца,

Но она же спустится к корням и вздыбит под ними землю.

Охапками, как пшеницу, собирает она вас,

Обмолачивает, пока не останетесь нагими,

Отвеивает мякину,

Перетирает в муку до белизны,

Месит вас, пока не сделаетесь податливыми,

И предает сакральному огню, дабы превратить в хлеб для Святого причастия.

Все это любовь сотворит с вами, дабы познали вы тайны сердца своего и с этим знанием стали частицей великого сердца Жизни.

Но если убоитесь и будете искать в любви одной лишь неги и удовольствий,

То лучше прикройте наготу свою и удалитесь от ее цепов

В мир, где нет времен года и где будет ваш смех не смех и ваши слезы не слезы.

Любовь ничего не дает, кроме себя самой, и если отнимает, то только у себя.

Как она ничем не владеет, так и ею нельзя владеть,

Ибо любовь самодостаточна.

Когда вы любите, не говорите: „Бог в моем сердце", но: „Я в сердце Бога".

И не думайте, что вы можете направить любовь в нужное русло; это она, кого сочтет достойным, направит.

У любви есть одно желание — осуществиться.

Если же вы любите и у вас появились желания, пусть они будут такими:

Растаять и превратиться в ручей, который поет в ночи свою песню.

Познать боль безмерной нежности.

Получить не одну рану, постигая науку любви,

И истекать кровью охотно и радостно.

Просыпаться на рассвете с окрыленным сердцем и признательностью за еще один день любви.

Проводить полуденный час в осмыслении пережитого восторга.

Возвращаться домой на закате дня с чувством благодарности

И засыпать с молитвой о любимом в сердце и хвалебной песней на устах».

О БРАКЕ

Тогда Альмитра заговорила снова и спросила:

«А что ты скажешь о браке, Учитель?»

И он ответил, говоря:

«Вместе вы родились и вместе пребудете.

Вы будете вместе и когда белые крылья смерти развеют ваши дни,

И даже в безмолвной памяти Творца вы будете вместе.

Но пусть в вашей совместности остаются пустоты,

И пусть небесный ветер танцует между вами.

Любите друг друга, но не превращайте любовь в узы:

Пусть она будет морем, гуляющим меж берегов двух душ.

Наполните чаши друг друга, но не пейте из одной чаши.

Делитесь друг с другом хлебами, но не ешьте один хлеб.

Пойте и танцуйте и радуйтесь вместе, но пусть каждый будет сам по себе;

Каждая струна лютни тоже сама по себе, а вместе их трепет рождает одну музыку.

Отдавайте свое сердце, но не во владение,

Ибо только Жизнь заключает в своей руке ваши сердца.

Стойте рядом, но не слишком близко,

Ибо столбы храма стоят врозь,
И дуб с кипарисом не растут
в тени друг друга».

О ДЕТЯХ

И женщина, прижимавшая к груди ребенка, попросила: «Скажи нам о детях».

И он сказал: «Ваши дети — не от вас.

Они сыновья и дочери Жизни, жаждущей продлиться.

Они приходят в мир не от вас, но через вас,

И даже когда они с вами, они вам не принадлежат.

Вы можете передать им свою любовь, но не свои мысли,

Ибо они живут собственными мыслями.

Вы можете приютить их тела, но не их души,

Ибо души их живут в доме завтрашнего дня, в котором вам не дано побывать даже во сне.

Вы можете пытаться стать похожими на них, но не тщитесь сделать их похожими на вас.

Ибо жизнь не обращается вспять и не задерживается в дне минувшем.

Вы — лук, из которого пускают живые стрелы — ваших детей.

Лучник засекает метку на дороге без начала и конца и, согнув вас мощным усилием мышц, посылает быструю стрелу как можно дальше.

Будьте же податливы в руке лучника,

Ибо так же, как Он любит летящую стрелу, любит Он неподвижный лук».

О ДАЯНИИ

Тогда попросил его богатый человек: «Скажи нам о даянии».

И он ответил:

«Невелика цена того, что даете вы из собственности вашей.

Только отдавая часть себя, вы воистину даете.

Ибо что есть собственность ваша, как не добро, которое вы копите и стережете из страха, что завтра оно может вам пригодиться?

Но много ли будет завтра проку от косточки, надежно зарытой в песок, запасливому псу, последовавшему за паломниками в священный город?

Не есть ли страх нужды самой нуждой?

И страх жажды, когда ваш колодец наполнен водой, жаждой неутолимой?

Есть тот, кто дает малое от большого ради всеобщего признания, и эта тайная мысль обесценивает его дар.

А есть те, кто мало имеют и все отдают;

Они — соль жизни и ее богатство, их ларец не бывает пуст.

Это те, кто дают с радостью, и эта радость — их награда.

Иные с болью отрывают от себя, и эта боль — их крещение.

А есть такие, кто дает, не ведая боли, не ища радости, не думая о добродетели.

Они отдают, как мирт в соседней долине отдает эфиру свои ароматы.

Через их руки говорит Бог, через их глаза Он посылает земле улыбку.

Давать, когда об этом просят, хорошо, но еще лучше давать без просьбы, по собственному разумению.

Для щедрого в поиске нуждающегося заключено больше радости, чем в самом дарении.

И разве нет ничего, что вы желали бы утаить?

Все, что имеете, однажды отдадите.

Так лучше отдавайте сейчас, пока стоит ваша золотая пора, а не ваших наследников.

Вы часто говорите: „Я дам, но только достойному“.

Этих слов вы не услышите ни от деревьев в вашем саду, ни от стад на ваших пастбищах.

Они дают, чтобы жить, ибо оставить себе значит погибнуть.

Воистину тот, кто принимает в дар череду дней и ночей, достоин и ваших благодеяний.

И тот, кто пьет из океана Жизни, достоин того, чтобы наполнить чашу из вашего ручейка.

И может ли быть для дающего выше награда, чем безбоязненность и правота — скажу больше, благоволение — берущего?

И кто вы такие, чтобы люди раздирали себе грудь, обнажая перед вами свою гордость?

Прежде убедитесь, что сами вы достойны быть дающим и орудием в руках Дарителя.

Ибо воистину это Жизнь дает жизни — вы же, которые считают себя дающими, не более чем свидетели.

Берущие же — а все вы являетесь таковыми, — не обременяйте себя благодарностью, дабы не ходить под ярмом ни вам самим, ни тем, кто дает.

Пусть лучше эти дары вознесут вас вместе с дающим, как на крыльях.

Ибо постоянно думать о своем долге значит сомневаться в великодушии того, чья мать — щедрая земля, а отец — Создатель».

О ЕДЕ И ПИТЬЕ

Тогда старик-трактирщик попросил: «Скажи нам о еде и питье».

И он сказал:

«Было бы прекрасно, если бы вы могли жить запахами земли, как те растения, что питаются лишь воздухом и светом.

Но раз уж вы должны убивать, чтобы есть, то пусть это будет священнодейство.

И пусть ваш голод воздвигнет алтарь, на котором чистые и невинные обитатели лесов и долин будут предаваться закланию во имя всего беспорочного и невинного, что есть в человеке.

Убивая зверя, обращайтесь к нему в сердце своем:

„Той же властью, какой умерщвляю тебя, умертвят и меня, и так же стану пищею.

Ибо закон, отдающий тебя в мои руки, точно так же отдаст меня в руки Всевышнего.

Твоя кровь и моя кровь — это всего лишь соки, питающие древо небесное".

И, вонзая в яблоко зубы, обращайтесь к нему в сердце своем:

„Семена твои оживут в теле моем,

Почки твои раскроются в сердце моем,

Ароматы твои станут дыханием моим,

И вместе мы возрадуемся во все времена года".

И осенью, когда будете соби-
рать урожай в своих виноградниках, чтобы отправить его в давильню, говорите в сердце своем:

„Я тоже виноградник, и плоды
мои соберут и отправят в давильню,

А потом, как молодое вино, за-
ключат в вечные сосуды“.

И зимой, когда нальете себе вина, песнью в своем сердце встре-
чайте каждую чашу,

И пусть оживут в этой песни
воспоминания о днях осени, и ви-
нограднике, и давильне».

О ТРУДЕ

Тогда пахарь попросил: «Скажи нам о труде».

И он ответил, говоря:

«Вы трудитесь, чтобы не отстать от земли, не знающей покоя.

Ибо человек праздный не поспевает за временами года и выпадает из пышной процессии, а жизнь гордо уходит дальше, в бесконечность.

Когда вы трудитесь, то становитесь флейтой и тихий гул времени становится музыкой.

Кто из вас захочет быть безмолвным тростником, когда все вокруг поет в согласном хоре?

Вам говорили: труд — это проклятие и работа — злосчастие.

А я говорю вам: вы трудитесь, чтобы осуществить заветную мечту, которую земля связала с вами изначально.

Своим трудом вы объясняетесь в любви к жизни

И тем самым причащаетесь ее сокровенных тайн.

Вы говорите: в страданиях своих мы проклинаем час своего рождения и заботы о плоти нашей; а я говорю вам: семь потóв должно с вас сойти.

Вам говорили: жизнь — потемки, и в усталости своей вы повторяете слова усталых;

А я вам говорю: жизнь — потемки, если нет дерзновения,

Дерзновение слепо без знаний,

Знания тщетны без труда,

А труд бесплоден без любви.

Когда же вы трудитесь с любовью, то живете в ладу с собой, и друг с другом, и с Богом.

А что значит трудиться с любовью?

Это значит соткать покрывало из нитей своего сердца, как будто ваша возлюбленная будет носить его.

Это значит с душой построить дом, как будто ваша возлюбленная будет жить в нем.

Это значит с нежностью бросить в землю семена и собрать урожай, как будто ваша возлюбленная будет есть плоды.

Это значит вдохнуть душу во все, что создаете вы руками своими,

Сознавая, что все присноблаженные взирают на вас, стоя за вашими спинами.

Не раз доводилось мне слышать, как вы говорили, словно во сне: „Кто работает резцом и одушевляет мрамор, благороднее идущего за плугом.

Кто ловит радугу и переносит ее на ткань как живую, тот выше изготовляющего сандалии для ног".

А я вам говорю, и не во сне, а в полуденном прозрении своем, что ветер равно нашептывает дубам-великанам и пробивающейся траве;

И лишь тот велик, кто обращает голос ветра в сладкозвучную песню, вложив в нее свою любовь.

Труд — это воплощенная любовь.

И если труд для вас не любовь, а отвращение, то лучше сидеть у ворот храма и просить милостыню у тех, кому он в радость.

Ибо если выпекаете хлеб с безразличием, то выпекаете хлеб, который не утоляет голода.

И если давите виноград с неудовольствием, то отравляете будущее вино.

И даже если поете ангельскими голосами, но без любви, то слышащий вас будет глух к голосам дня и ночи».

О РАДОСТЯХ И ПЕЧАЛЯХ

Тогда одна женщина попросила его: «Скажи нам о радостях и печалях».

И он ответил:

«Ваша радость — это ваша печаль, открывшая свое лицо.

И тот же колодец, из которого поднимался ваш смех, зачастую наполняли ваши слезы.

Да и может ли быть иначе?

Чем глубже врезается в вас печаль, тем больше остается места для радости.

Разве ваша чаша с вином — это не та же чаша, которую обжигает в своей печи горшечник?

И разве лютня, ласкающая вашу душу, это не то же дерево, которое резали ножом?

В минуту счастья загляните в сердце свое и увидите: что вчера печалило вас, то сегодня наполняет радостью.

И в минуту грусти вновь загляните в свое сердце и увидите: вы плачете о том, чем вчера наслаждались.

Одни из вас говорят: „Радость больше, чем печаль“, а другие говорят: „Нет, печаль больше“.

А я вам говорю: они неразделимы.

Вместе они приходят, и, когда одна сидит за вашим столом, помните, что другая спит в вашей постели.

Воистину вы как весы, на которых печаль и радость.

53

Только когда вы пусты, обе чаши пребывают в равновесии.

Когда же хранитель ценностей решит взвесить свое золото и серебро, какая чаша перетянет — печаль или радость?»

О ДОМЕ

Тогда вышел вперед каменщик и попросил: «Скажи нам о доме».

И он ответил, говоря:

«Воздвигните себе из своих грез шатер в пустыне, прежде чем построить дом в городских стенах.

Ибо, кроме пристанища в ночи для вас, должен быть приют и для одинокого скитальца, живущего в душе вашей.

Ваш дом — это ваше второе тело.

Днем он тянется к солнцу, а ночью спит и видит сны. Разве ваш дом в своих снах не уносится в рощу или на вершину холма?

Если бы я мог собрать в горсть ваши дома и, подобно сеятелю, разбросать по лесам и лугам,

Чтобы стали долины улицами и зеленые тропы переулками, чтобы искали вы друг друга в виноградниках и возвращались в одеждах, пахнущих землей.

Но это будет еще не скоро.

Вы живете кучно — как из страха жили ваши предки, — и страх этот пройдет не завтра. А пока он не прошел, между вашим очагом и бескрайним пространством будет возвышаться городская стена.

Скажите мне, жители Орфалеса, чтó в ваших домах? Что охраняете вы за дверными засовами?

Покой — тихое пламя, свидетель вашей стойкости?

Воспоминания — огоньки, мерцающие в вашем мозгу?

Красоту — проводника, указывающего путь к священной горе?

Ответьте мне, есть ли все это в ваших домах?

Или там один уют, который втерся в ваш дом как гость, чтобы стать хозяином и господином?

Он кукловод, а вы марионетки, пляшущие на ниточках, словно в насмешку над высокими устремлениями.

Руки у него из шелка, а сердце из железа.

Убаюкав вас, стоит он у изголовья и насмехается над вашей плотью, еще недавно исполненной жизненной силы.

Издеваясь над здравыми помыслами, он обкладывает их пухом, как хрупкие сосуды.

Воистину жажда уюта убивает в душе страсть и торжествующе посмеивается на похоронах.

Но вы, дети просторов, беспокойные в своем покое, вы не позволите ни поймать себя, ни приручить.

Дом ваш будет не якорем, но мачтой.

Не тонкой пленочкой, затянувшей рану, но веком, охраняющим глаз.

Вы не станете складывать крылья, чтобы войти в дверь, или наклонять голову, чтобы не задеть потолок, или задерживать дыхание из страха, что могут рухнуть стены.

Вы не станете обживать склепы, построенные мертвыми для живых.

Величественный и прекрасный, дом ваш не будет хранилищем ваших тайн и убежищем для ваших желаний.

Ибо дух ваш живет под шатром небес, дверь его — утренний туман, окна его — звуки и безмолвие ночи».

ОБ ОДЕЖДЕ

И ткач попросил: «Скажи нам об одежде».

И он ответил:

«Ваши покровы могут скрыть красоту, а то, что некрасиво, спрятать не в силах.

Вы ищете в одеждах личную свободу, а находите лишь бремя и оковы.

Пусть солнце и ветер ласкают кожу, а не одеяния ваши,

Ибо солнечный свет — дыхание жизни, и ветер — рука жизни.

Иные возразят: „Кто, как не северный ветер, соткал наши одежды?"

А я вам так скажу:

„Ткацким станком у него был ваш стыд, а нитью — изнеженность ваших мышц.

С самодовольным смехом окончил он в лесу свою работу.

Помните: щит, закрывающий вас от нескромных взглядов, — это стыдливость.

Что она без них? Только путы да грязные мысли.

И не забывайте: земля радуется, когда по ней ступают босые ноги, а ветер ждет не дождется, чтобы поиграть вашими волосами"».

О КУПЛЕ-ПРОДАЖЕ

И купец попросил: «Скажи нам о купле-продаже».

И он ответил, говоря:

«Земля дает вам свои плоды, и не будете вы нуждаться, если вовремя соберете их руками своими. Обменивайтесь дарами земли, и будет вам изобилие и довольство.

Но если, обмениваясь, забудете о любви и справедливости, то одни сделаются алчными, а другие голодными.

Когда на рыночной площади вы, труженики моря, и полей, и виноградников, встретите ткачей,

и гончаров, и собирателей пряностей,

То призовите дух самой земли; пусть он станет среди вас и установит весы, чтобы вы могли сосчитать, сколько стоит один товар супротив другого.

И не препятствуйте тому, кто пришел ни с чем и предлагает вам слова взамен товара вашего.

Этому человеку скажите:

„Пойдем с нами в поля или выйди с братьями нашими в море и забрось сети;

И будут земля и море так же щедры к тебе, как и к нам“.

И если придут к вам певцы с плясунами и флейтистами, то и от их даров не отказывайтесь.

Они тоже собиратели плодов и благовоний, и приносят они, пускай сотканные из мечтаний, одежды и пищу для души вашей.

И прежде чем покинуть рыночную площадь, убедитесь, что никто не ушел с пустыми руками.

Ибо не упокоится дух земли, оседлавший ветер, доколе последний из вас не избудет своей нужды».

О ПРЕСТУПЛЕНИИ
И НАКАЗАНИИ

Тогда вышел вперед один из городских судей и попросил: «Скажи нам о преступлении и наказании».

И он ответил, говоря:

«Когда ваш дух блуждает среди ветров,

Одинокие и незащищенные, причиняете вы зло друг другу, а значит, самим себе.

И за содеянное зло приходится вам стучаться и ждать, когда откроются врата блаженства.

Ваша божественная сущность — это океан,

Который не будет осквернен вовеки.

Как струи эфира, подъемлет она тех, у кого есть крылья.

Она как солнце,

Которое не ходит стезями крота и не заглядывает в змеиные норы.

Но вы — это не только ваша божественная сущность,

А еще и человек, а также недочеловек,

Этакий пигмей, блуждающий, как сомнамбула, в тумане в надежде когда-нибудь проснуться.

О человеке, который живет в вас, буду сейчас я говорить с вами.

Ибо это он, а не ваша божественная сущность и не пигмей в тумане повинен в преступлениях и несет за них наказание.

Не раз слышал я, как говорили вы о дурном человеке: „Он не из нас", словно бы он посторонний и чужестранец.

А я вам говорю:

Как святой и праведный не может подняться выше вершины, которая есть в каждом из вас,

Так злобный и слабый не может упасть ниже заключенной в вас бездны.

И как один лист не может пожелтеть, чтобы дерево не знало об этом,

Так злодей не может совершить дурное без вашего ведома.

Вместе, большой процессией, идете вы к вашей божественной сущности.

Вы и путь, вы и путники.

И когда один из вас падает, то тем самым он говорит сзади идущим о камне преткновения.

Но он также говорит впереди идущим о том, что, быстрые и уверенные, они не убрали с дороги камень преткновения.

И вот еще слово, которое ляжет тяжестью на сердце ваше:

Убитый отвечает за свое убийство,

И ограбленный — за ограбление.

На праведном есть вина за деяния злодея,

И тот, чьи руки чисты, запачкан действиями преступника.

Истинно так: виновный бывает жертвой потерпевшего,

И еще чаще осужденный несет ношу безвинных.

Неотделим справедливый от несправедливого и праведный от неправедного,

Ибо стоят они рядом пред ликом солнца, как неразрывно переплетены черная и белая нити.

И если черная нить оборвалась, впору проверить сотканное полотно и ткацкий станок.

Если вы станете судить неверную жену,

То положите сердце мужа на другую чашу весов и измерьте аршином его душу.

Пусть тот, кто хочет бросить камень в обидчика, заглянет в душу обиженного.

И кто во имя справедливости готов обрушить топор на вредоносное дерево, пусть сначала осмотрит его корни;

И увидит хорошие корни и плохие, плодоносные и неплодоносные переплетенными в молчаливом сердце земли.

Неподкупные судьи,

Какой приговор вынесете тому, кто себя не запятнал, но в душе вор?

Какую кару изберете тому, кто, убивая чужую плоть, убивает душу свою?

И какому преследованию подвергнете того, кто поступает как притеснитель,

Но при этом сам подвергается гонениям и притеснению?

И как накажете тех, чье раскаяние превысило их прегрешения?

Разве справедливость именем закона, которому вы служите, не имеет своей конечной целью раскаяние?

Но не в ваших силах принудить к раскаянию невинного или отменить раскаяние виновного.

Непрошеным взывает оно в ночи, дабы человек, проснувшись, обратил на себя взор свой.

И как вы, судьи, будете судить о деянии, не осветив его светом полуденным?

Только тогда вы поймете, что стоящий прямо и падший — это

один человек, заблудившийся в сумерках между ночью своего пигмейства и днем своей божественности,

И что краеугольный камень в основании храма не важнее любого другого».

О ЗАКОНАХ

Тогда блюститель закона спросил: «Что скажешь ты о наших законах, Учитель?»

И он ответил:

«Вы любите устанавливать законы,

Но еще больше вы любите их нарушать.

Вы подобны играющим у воды детям, которые долго строят замки на песке, чтобы в одно мгновение со смехом разрушить их.

Но пока вы строите свои замки, океан наносит новый песок

И смеется над порушенным вместе с вами.

Воистину океан смеется вместе с неразумными.

Но как быть с теми, для кого жизнь — не океан, а человеческие законы — не замки на песке?

С теми, для кого жизнь — каменная глыба, а закон — долото, чтобы высечь из камня свое подобие?

Как быть с хромым, взирающим с ненавистью на танцующих?

Как быть с волом, любящим свое ярмо и считающим лося и оленя в лесу заблудшими и бездомными?

Как быть со змеей, не могущей сбросить старую кожу и называющей молодых голыми и бесстыжими?

И с тем, кто первым приходит на свадебный пир и, ублажив свою утробу сверх меры, уходит со словами, что надо запретить пиршества и осудить пирующих?

Что мне сказать о тех, кто стоит спиной к солнцу?

Они видят лишь свои тени, и их тени — это их законы.

Что для них солнце, как не поставщик тени?

И когда они говорят „признавайте законы“, не разумеют ли они под этим: обводите пальцем контуры наших теней на земле?

Но что за дело вам, обращенным к солнцу, до каких-то начертаний?

Зачем вам, путешествующим вместе с ветром, указания флюгера?

Что человеческий закон тому, кто сломал свое ярмо о дверь темницы, не человеком построенной?

Каких законов убоится танцующий, споткнувшись о цепи, не человеком выкованные?

И кто возьмется судить вас, сбросивших одежды ваши на путях, не человеком исхоженных?

Жители Орфалеса, вы можете приглушить барабан и ослабить струны лиры, но кто запретит жаворонку петь?»

О СВОБОДЕ

И оратор попросил: «Скажи нам о свободе».

И он ответил:

«Я видел, как, простертые у городских ворот и у домашнего очага, вы славословили свою свободу;

Так же и рабы, припав к стопам тирана, воздают ему хвалы перед тем, как он их убьет.

В храмовой роще и в тени крепостной стены видел я самых свободных из вас, и свою свободу несли вы как ярмо или кандалы.

И, глядя на вас, сердце мое кровоточило.

Ибо только тогда вы свободны, когда вас не посещает даже мысль о том, что к свободе надо стремиться, и когда она для вас больше не цель и не конец пути.

Подлинной свободе не мешают ни полные забот дни, ни отягощенные печалью ночи,

Ибо дело не в путах, а в том, чтобы подняться над ними свободными в наготе своей.

А как подняться над днями и ночами, не разбив кандалы, коими сковали вы себя на пороге вразумления, в час полуденный?

Воистину то, что вы зовете свободой, есть прочнейшая из всех цепей, как бы ее звенья ни играли на солнце, ослепляя вас своим блеском.

И какую же часть себя вы отбросите, дабы обрести свободу?

Несправедливый закон? Но вы своей рукой написали его у себя на лбу.

Он не исчезнет, даже если вы сожжете все свои кодексы и выльете моря на лбы своих судей.

Деспота? Но сначала убедитесь, разрушен ли его трон, что внутри вас.

Ибо может ли тиран повелевать свободным и достойным иначе, нежели если тирания гнездится в самой свободе и стыд в самом достоинстве?

Повседневные заботы? Но они не были вам навязаны, вы сами их выбрали.

Страх? Но источник этого страха в сердце вашем, а не в руке.

Поистине все внутри вас находится в движении — сплелись желаемое и пугающее, отвратное и вожделенное, притягательное и то, чего вы бежите.

Па́рами, как свет и тень, кружат они в обнимку.

И когда тень меркнет и исчезает, свет становится тенью другого света.

И так же ваша свобода, теряя оковы, становится оковами для еще большей свободы».

О РАЗУМЕ И СТРАСТИ

И снова заговорила жрица и попросила: «Скажи нам о разуме и страсти».

И он ответил, говоря:

«Ваша душа — поле битвы, где ваш разум и рассудительность дают бой вашей страсти и необузданности.

Если бы мог я умиротворить вашу душу, этот разлад и соперничество я обратил бы в единство и согласную мелодию.

Но как это возможно, пока вы сами не умиротворите — скажу больше, не полюбите в себе разные начала?

Разум и страсть — это руль и оснастка вашей морской души.

Если сломается мачта либо руль, вам задаст трепку буря или вы попадете в штиль посреди океана.

Правящий в одиночку разум подобен узилищу, а необузданная страсть — всепожирающему огню.

Так пусть же душа доведет ваш разум до точки кипения страстей, дабы пел он и ликовал;

И пусть разум направит вашу страсть в свое русло, дабы не сгорела бесследно, но восстала, как феникс из пепла.

Отнеситесь к своей рассудительности и своей необузданности как к дорогим гостям в доме вашем.

Не станете же вы оказывать одному гостю почет и уважение в ущерб другому? Кто так поступает, рискует потерять любовь и доверие обоих.

Сидя на холме в прохладной тени липы и наслаждаясь безмятежностью окрестных полей и лугов, скажите в сердце своем: „Бог почивает в раздумьях".

А в разгар бури, когда ветер сотрясает леса, а громы и молнии возвещают славу в вышних, скажите себе с благоговением: „Бог отдается страстям".

Так же и вы, дуновение Божье, крохотный лист в Божьем лесу, почивайте в раздумьях и отдавайтесь страстям».

О БОЛИ

И женщина попросила: «Скажи нам о боли».

И он сказал:

«Ваша боль пробивает панцирь вашей самонадеянности.

Как фруктовая косточка должна треснуть, чтобы сердцевинка увидела солнце, так вы должны познать боль.

Если ваше сердце способно удивляться жизни, ее повседневным чудесам, то боль будет для вас таким же чудом, как и радость,

А сердечные перемены — естественными, как смена времен года.

И безмятежно будете встречать зимы своей печали.

Ваша боль зачастую самонавязана.

Этим горьким лекарством врачуете вы собственные недуги.

Доверьтесь же своему лекарю и молча, без жалоб пейте лекарство:

Эту руку, тяжелую и твердую, мягко направляет рука Невидимого;

Эта чаша, что обжигает ваши губы, сделана из глины, замешанной на святых слезах Гончара».

О САМОПОЗНАНИИ

И мужчина попросил: «Скажи нам о самопознании».

И он ответил, говоря:

«Ваше сердце молча ведает тайною дня и ночи,

Но ваши уши жаждут его откровений.

Вам надо познать в словах то, что вы всегда знали в мыслях своих.

Вам надо потрогать пальцами призрачность своих снов.

Да будет так.

Родник души вашей пробьется наверх и с веселым журчанием побежит к морю,

И сокровища потаенных недр ваших откроются взору.

Но не взвешивайте на весах эти неведомые сокровища

И не замеряйте глубину своих знаний лотом.

Ибо человек — это море, безграничное и безмерное.

Не говорите: „Я нашел истину“, а лучше скажите: „Я приближаюсь к истине“.

Не говорите: „Я обрел духовный путь“, а лучше скажите: „Я ищу духовный путь“.

Ибо пути духа неисповедимы.

Он не ходит тропами хожеными и не растет где придется.

Он, как лотос, раскрывает все свои лепестки».

ОБ УЧИТЕЛЬСТВЕ

Тогда попросил учитель: «Скажи нам об учительстве».

И он сказал:

«Никто не откроет вам больше того, что дремлет на пороге вашего знания.

Учитель, окруженный учениками, делится с ними в тени храма не столько своей мудростью, сколько верою и любовью.

Мудрец не пригласит войти в дом своей мудрости, но приведет вас на порог вашего собственного разума.

Астроном расскажет вам о своем постижении пространства, но

проделать этот путь за вас ему не под силу.

Музыкант воспроизведет для вас ритм Вселенной, но дать вам слух, чтобы этот ритм поймать, и голос, чтобы его повторить, он не властен.

Освоивший науку чисел поведает вам о стране мер и весов, но проводить вас туда ему не дано.

Ибо фантазия одного человека не может подарить свои крылья другому.

И как Бог постигает вас поодиночке, так же любой из вас в одиночку постигает Бога и земную жизнь».

О ДРУЖБЕ

Тогда юноша попросил: «Скажи нам о дружбе».

И он ответил, говоря:

«Друг — это услышанные чаяния.

Это поле, которое вы засеваете с любовью, чтобы снять урожай с благодарностью.

Это ваш хлеб и ваш очаг.

Вы приходите к нему, чтобы утолить голод и обрести покой.

Когда ваш друг говорит с вами откровенно, вы не боитесь ни мысленно ответить „нет“, ни вслух сказать „да“.

А когда он молчит, вы сердцем слушаете его сердце,

Ибо в дружбе все помыслы и упования разделяют без слов и шумной радости.

А расставаясь с другом, вы не печальтесь,

Ибо то, чем он вам дорог, по-настоящему открывается на расстоянии, как гора с равнины — восходителю.

Дружба не ведает иной цели, кроме укрепления духа.

Ибо дружба, которая пытается себя разгадать, есть не дружба, но сеть без улова.

Отдавайте другу самое лучшее.

Пусть он узнает вас не только в час прилива, но и когда выйдете из берегов.

Разве затем вы искали его, чтобы убить время?

Ищите его, чтобы вместе прожить время.

Не пустоту дано ему исчерпать, но ваши чаяния.

Да наполнятся сладостные часы дружбы смехом и общими радостями,

Что подобны утренней росе, освежающей сердце».

О ГЛАГОЛАНИИ

И тогда школяр попросил: «Скажи нам о глаголании».

И он ответил, говоря:

«Вы глаголете, будучи не в ладу с собственными мыслями.

Когда жизни не находится места в уединении души, она избирает губы, и звук становится отвлекающей забавой.

Вы глаголете, а мысль задыхается.

Ибо мысль — это птица; если она и расправит свои крылья в словесной клетке, то все равно не взлетит.

Среди вас есть такие, кто ищет говорливых из страха остаться наедине с собой.

В молчании одиночества их взгляду открывается их суть в наготе своей, и они бегут от нее.

И есть такие, что говорят без знания дела, наобум, открывая истины, которых сами не понимают.

А есть такие, в ком есть истины, но они не облекают их в слова. В их груди дух живет в беззвучном ритме.

Когда вам случится встретить друга, на дороге ли, на рыночной ли площади, пусть дух ваш заставит шевелиться губы и направит язык.

Пусть ваш внутренний голос обратится к его внутреннему слуху,

И душа его сохранит правди-
вость вашего сердца — так сохра-
няется в памяти привкус вина,

После того как забыт его цвет
и убраны чаши».

О ВРЕМЕНИ

И астроном спросил: «Учитель, что ты скажешь о времени?»

И он ответил:

«Вы находите время неизмеримым и безмерным.

Вы соотносите свое поведение и даже искания духа с ходом часов и временами года.

Время для вас — это река, за течением которой вы наблюдаете с берега.

Но только вечное внутри вас ощущает вечность жизни,

Только ей ведомо, что сегодня — это память о вчерашнем дне и мечта о завтрашнем.

Только это начало, поющее и созерцающее, еще живет в границах предвечного, когда небесный свод усыпали звезды.

Разве вы не чувствуете, что ваша способность любить безгранична,

Но, безграничная, она заключена внутри вас и движима не любовными помыслами и деяниями?

Разве не ощущаете, что время, как любовь, неделимо и беспредельно?

Но если уж вам так надо мерить вечное временами года, пусть каждое из них вберет в себя остальные,

И пусть сегодня объемлет вчерашний день с воспоминаниями и завтрашний с возжеланием».

О ДОБРЕ И ЗЛЕ

И один из городских старейшин попросил: «Скажи нам о добре и зле».

И он ответил:

«Я могу сказать о том, что есть в вас доброго, но не злого.

Ибо что такое зло, как не добро, истерзанное голодом и жаждой?

Поистине, когда добро алчет, то находит себе пищу даже в подземелье, а когда жаждет, то готово пить мертвую воду.

Добр тот, в чьей душе есть согласие.

Но если согласия нет, того я не сочту злым,

Как дом, что поделен пополам, не назову воровским притоном.

Корабль без руля и ветрил может носиться по волнам среди опасных рифов, но не пойти ко дну.

Добро — значит отдавать себя.

Но если ищете для себя выгоды — это еще не есть зло.

Просто вы уподобляетесь корню, что вцепился в землю и сосет ее.

Плод не скажет корню: „Будь сочным и спелым, как я, чтобы отдать себя другому“.

Ибо плод существует, чтобы давать, а корень — чтобы брать.

Добро — это когда вы бодрствуете и речь ваша льется свободно.

Но если живете как во сне и язык ваш заплетается на каждом шагу — это не есть зло.

Спотыкливая речь способна укрепить вялый язык.

Добро — это когда вы идете к цели широким, твердым шагом.

Но ваша хромота не есть зло.

Ведь даже прихрамывая, вы идете вперед.

Но сильным и быстрым не пристало хромать из снисхождения к плетущимся сзади.

Ваша доброта многолика, но ее отсутствие не есть зло,

А результат безделья и лени.

Увы, олень не может научить черепаху бегать.

В стремлении к вашему исполинскому „я“ — а оно живет в каждом — залог вашей доброты.

Но в одних это стремление — бурный поток, рвущийся к морю со всеми тайнами холмов и песнями рощ.

А в других — мелкий ручей, иссякший на изгибах и так и не достигший заветного берега.

Но пусть не говорит желающий многого тому, кто желает малого: „Почему медлишь и спотыкаешься?“

Ибо не спрашивают у нагого: „Где твоя одежда?“ и у бездомного: „Что сталось с твоим домом?“»

О МОЛИТВЕ

Тогда жрица попросила: «Скажи нам о молитве».

И он ответил, говоря:

«Вы молитесь в горе и в нужде; молитесь же и в радости, от полноты дней своих.

Ибо что есть молитва, как не выход в эфир небесный?

Как для вас облегчение излить в пространство что есть в вас темного, так для вас радость излить сердечный свет.

И если на молитве у вас текут слезы, то пусть душа призывает вас к ней снова и снова, пока не придете веселыми.

В час молитвы вы встречаетесь в воздушном пространстве с теми, кто тоже молится в этот час, и только так, в молитве, возможна ваша встреча.

Посему идите в храм невидимый — для восторга и сладостного причастия.

Но если войдете туда с одними просьбами, то ничего не получите.

И если войдете в него ради самоумаления, не возвыситесь.

Даже если войдете, чтобы просить за других, не будете услышаны.

Войдите в храм незамеченными.

Я не могу научить вас, как облечь молитву в слова.

Бог вашим словам не внемлет — только тем, что сам вложил вам в уста.

Я не могу научить вас молитве морей, и лесов, и гор.

Вы, рожденные в горах, и лесах, и в открытом море, найдете молитву в сердце своем.

Вслушайтесь в безмолвие ночи и услышите в ее молчании:

„Бог наш, чрез которого обретаем крылья, Твоим хотением хотим,

Твоим желанием желаем,

Твоим побуждением обратим ночи в дни, Тебе принадлежащие.

Нам не о чем Тебя просить, ибо Ты знаешь наши нужды еще до их рождения:

Наша нужда — это Ты, отдающий себя, а больше нам и не надо“».

О НАСЛАЖДЕНИИ

Тогда отшельник, раз в году появлявшийся в городе, вышел вперед и попросил: «Скажи нам о наслаждениях».

И он ответил, говоря:

«Наслаждение — это свободно льющаяся песня,

Но не сама свобода.

Это цветы ваших желаний,

Но не их плоды.

Это глубь, зовущая в высь,

Но не сама глубь и не сама высь.

Это птенец, вылетающий из гнезда,

Но не само гнездо.

Истинно так: наслаждение — свободно льющаяся песня.

Пойте эту песню от полноты своего сердца, но при этом не теряя его.

Иные из молодых ищут одних наслаждений, и за это их попрекают и осуждают.

Не надо ни попреков, ни осуждения. Пусть продолжают искать,

И тогда, вместе с наслаждением, они найдут семь сестер его,

И любая из них превзойдет его своей красотой.

Разве вы не слышали о человеке, который копал землю в поисках корня, а нашел клад?

Иные из стариков с сожалением вспоминают об удовольствиях, словно были пьяны и наделали ошибок.

Но сожаления лишь отуманивают мозг, а не очищают его.

Об удовольствиях надо вспоминать с благодарностью, как об урожае в разгар лета.

Впрочем, если сожаления способны кого утешить, то пусть утешается.

И есть среди вас такие, кто уже не так молод, чтобы искать удовольствий, и еще не так стар, чтобы предаваться воспоминаниям;

Боязливые, они избегают наслаждений, дабы не пренебречь духом и не оскорбить его.

Можно сказать, они находят удовольствие в воздержании:

Копают землю трясущимися руками — и вдруг вместо корня натыкаются на клад.

Но что, спрошу я вас, способно оскорбить дух?

Может ли соловей оскорбить тишину ночи или светлячок — звезды?

Могут ли ваше пламя и дым обременить ветер?

Или вы считаете дух стоячей водой, которую можно взбаламутить палкой?

Нередко, отказывая себе в удовольствиях, вы лишь прячете желания в тайниках своего сердца.

А кто не знает, что неосуществленное сегодня ждет своего завтра?

Тело, знающее свое прошлое и свои нужды, не обманешь.

Ваше тело — гусли души,

И от вас зависит, извлечете вы из них сладчайшую музыку или хаотичные звуки.

А теперь спросите себя: „Как отличим в наслаждении хорошее от дурного?"

Идите в поля и в сады свои, и узнаете, что для пчелы услада — собрать мед с цветка,

А для цветка услада — отдать мед пчеле.

Ибо для пчелы цветок — источник жизни,

А для цветка пчела — посланница любви.

Давать и получать удовольствие для них — и потребность, и наслаждение.

Жители Орфалеса, услаждайте себя, подобно цветку и пчеле».

О КРАСОТЕ

И поэт попросил: «Скажи нам о красоте».

И он ответил:

«Где вы станете искать красоту и как найдете, если не избрали ее стезей и проводником своим?

И как будете говорить о ней, если она сама не соткет речь вашу?

Скорбящие и израненные говорят: „Красота заботлива и нежна.

Как молодая мать, которая немного стыдится исходящего от нее сияния, ходит она среди нас".

А необузданные говорят: „Красота могуча и ужасна.

Как ураган, потрясает она землю под ногами и свод небесный над головою нашей".

Усталые и истомленные говорят: „Красота нашептывает душе.

Голос ее в тишине нашей как пламя свечи, дрожащей среди теней".

А беспокойные говорят: „Мы слышали ее громовый голос в горах,

И стук копыт, и хлопанье крыльев, и львиный рык".

Городские стражи говорят в ночи: „Красота явится с Востока вместе с утренней зарей".

А в полдень труждающиеся и путешествующие говорят: „Она являла нам свой лик в окне заката".

Зимою заметенные снегом говорят: „Она придет с весной, прыгая с холма на холм“.

А измученные летним зноем жнецы говорят: „Она танцевала среди осенних листьев, и в волосах ее запутались снежинки“.

Так, каждый на свой лад, говорили вы о красоте,

Не подозревая, что говорите о неудовлетворенных желаниях.

Но красота — не желание, а упоение;

Не жаждущие губы и не протянутая за подаянием рука,

А пылающее сердце и очарованная душа.

Красота — незримый образ и неслышимая песнь;

Вы видите ее закрытыми глазами и слышите затворенным слухом.

Это не соки под бугристой корой и не крыло в придачу к когтям,

Но сад, цветущий круглый год, и сонм ангелов в вечном полете.

Жители Орфалеса, красота — это жизнь, откинувшая покров с божественного лика.

Так вот, вы — и жизнь, и покров.

Красота — это вечность, смотрящаяся в зеркало.

Воистину вы — и вечность, и зеркало».

О РЕЛИГИИ

И старый жрец попросил: «Скажи нам о религии».

И он ответил:

«Разве я говорил сегодня о чем-то другом?

Не есть ли она и мысль, и деяние, равно как и чудеса, и откровения, которые нам преподносит душа, даже когда руки наши обтесывают камень или заняты ткацким станом?

Кто сумеет отделить веру свою от поступков и убеждения свои от повседневных дел?

Кто разобьет свой день на часы со словами: „Эти для Господа, а эти для меня, эти для души, а эти для тела?"

Ваши крылатые часы летят сквозь пространство от одной живой души к другой.

Тому, кто носит мораль, как выходное платье, лучше ходить голым —

Не превратится тело под ветром и солнцем в дырявое рубище.

Тот, кто каждый шаг поверяет моралью, держит певчую птицу в клетке,

В неволе же вольных песен не поют.

Для кого-то молитва — окно, открываемое по желанию, и не ведает он, что душа его всегда распахнута настежь.

Повседневная жизнь — вот ваш храм и ваша религия.

Прежде чем войти в этот храм, возьмите с собой все свое достояние:

И плуг, и кузнечный горн, и пестик, и лютню,

Сотворенные для нужд и для удовольствия.

В молитвенных грезах не вознестись вам выше своих свершений, как не упасть ниже своих неудач.

А еще возьмите с собой все человечество —

В молитве своей не превысить вам его надежд, как не пасть ниже его отчаяния.

Не ждите от Бога ответов на все загадки.

Лучше посмотрите вокруг и обнаружите Его играющим с вашими детьми.

Поднимите глаза к небу и увидите Его в облаке с молниями в руках, проливающимся дождем.

Найдете Его улыбающимся из каждого цветка и машущим ветками деревьев».

О СМЕРТИ

Тогда вновь обратилась к нему Альмитра: «А теперь расскажи нам о смерти».

И он сказал:

«Вы хотели бы постичь тайну смерти.

Но как это сделаете, если не будете искать в гуще жизни?

Сыч, не видящий днем, не разгадает природу света.

Если воистину хотите узреть дух смерти, широко откройте свое сердце для жизни.

Ибо жизнь и смерть — одно, как река и море.

В недрах ваших надежд и желаний лежит ваше тайное знание об иной жизни.

Как зерно под снегом, вы мечтаете о весне.

Доверьтесь мечтам, ибо они — врата вечности.

Ваш страх перед смертью подобен дрожащему перед царем пастуху, на которого тот возлагает милостивую длань свою.

Разве дрожащий пастух втайне не радуется, что будет отмечен царем?

Зачем же все его мысли о предательской дрожи?

Умереть — не значит ли это подставить ветру и солнцу нагое тело, чтобы оно растаяло без следа?

Перестать дышать — не значит ли это освободить дыхание от беспокойных приливов и отливов, чтобы оно вознеслось к Богу без помех?

Надо выпить из реки забвения, чтобы запеть.

Надо достичь вершины, чтобы начать восхождение.

Надо лечь в землю, чтобы исполнить танец».

ПРОЩАНИЕ

И вот наступил вечер.

И Альмитра, ясновидящая, сказала: «Благословен этот день, и место, и твой дух, говоривший с нами».

И он ответил: «Разве только я говорил? Или я вас не слушал?»

Тогда он сошел со ступеней храма, и все люди последовали за ним.

И вот он взошел на корабль и, возвысив голос, снова обратился к людям:

«Жители Орфалеса, ветер подгоняет меня,

И хотя я не такой торопкий, как он, все же я вынужден вас покинуть.

Скитальцы, ищем мы путь одиночества; новый день застает нас не там, где оставил вчерашний, и рассвет мы встречаем не там, где простились с закатом.

Мы в пути, даже когда земля спит.

Как набухшие семена жизнестойкого растения, ветер разносит нас по свету.

Недолгими были дни мои среди вас, и совсем короткими — слова мои, обращенные к вам.

Но когда отзвучит мой голос и сотрется из вашей памяти любовь моя, я вернусь

Со щедрым сердцем и глаголом на устах и заговорю с вами.

Да, я вернусь с морским приливом,

Даже сокрытый смертью и объятый великим молчанием, чтобы вновь искать у вас понимания.

И не вотще стану я искать.

Если доселе в словах моих была правда, то откроется она вам в другой раз, когда голос мой будет чище и слова мои созвучнее вашим мыслям.

Жители Орфалеса, меня уносит ветер, но уносит не в пустоту.

И если чаяния ваши и моя любовь не осуществились ныне, то пусть день сегодняшний станет обетованием дня завтрашнего.

Меняются нужды ваши, но не наша любовь и не желание, чтобы любовь удовлетворила наши нужды.

Знайте же, что вернусь я из страны великого молчания.

Туман, что ушел на рассвете, оставив росу на полях, превратится в облако и прольется дождем.

Таким туманом был для вас я.

В ночной тиши бродил я по улицам вашим, и дух мой входил в дома ваши,

И сердца ваши бились в сердце моем, и дыхание ваше обвевало мое лицо, и я знал всех и каждого.

Я знал ваши радости и вашу боль, и когда вы спали, ваши сны были моими снами.

А еще я был среди вас, как озеро среди гор:

Во мне отражались ваши вершины и склоны со стадами ваших мыслей и желаний.

В мое безмолвие врывался смех ваших детей у ручья и томные голоса юношей и девушек, купающихся в реке.

Они достигали самого дна души моей, а песни ручья и речки все
не смолкали.

Но сладостнее, чем смех, и
сильнее, чем томление,

Проникало в меня то, что не
знает границ:

Великий человек, чьей малой
частицей вы являетесь,

Тот, чья песнь вбирает в себя
ваши беззвучные голоса.

Великий человек делает и вас
великими,

Я видел его и через него — вас,
которых любил.

Ибо разве любовь создана не
для великих расстояний?

Какие мечты, какие невероят-
ные догадки способны превзойти
ее полет?

Великий человек, сокрытый в
каждом из вас, подобен цветуще-
му дереву-великану.

Мощь его укореняет вас в земле, ароматы его возносят ввысь, прочность его делает вас бессмертными.

Вам говорили, что вы — самое слабое звено в цепи.

Но это не вся правда, ибо вы также самое сильное звено.

Мерить вас по малым делам вашим — все равно что оценивать океанскую мощь по летучей пене.

Судить вас по вашим слабостям — все равно что обвинять времена года в непостоянстве.

Истинно так, вы — океан:

Как бы ни молили вас корабли об отплытии, вам не дано ускорить приливы и отливы.

Вы и времена года:

Как бы ни отрицали вы весну в разгар зимы,

Она живет в вас, улыбается во сне в ожидании своего часа и не держит на вас обиды.

Не думайте, будто я говорю вам это, чтобы вы друг перед другом похвалялись: „Он превозносит нас, ибо видит в нас только хорошее“.

Я лишь облекаю в слова то, о чем вы мысленно догадывались,

Ибо знания, выраженные в словах, — слабая тень знания бессловесного.

Ваши мысли и мои слова — это волны нетленной памяти, хранящей то, что было с нами вчера,

И в предвечные дни, когда не было еще ни нас, ни самой земли,

И в те ночи, когда царствовал хаос.

Мудрецы пришли к вам, чтобы поделиться своей мудростью, а я пришел, чтобы к ней причаститься.

И вот я нашел нечто превыше мудрости:

Пламенный дух, который в каждом из вас разгорается,

В то время как вы, того не замечая, оплакиваете закат дней своих.

Только тех страшит могила, кто ищет жизни для тела.

Здесь нету могил.

Эти горы и долы — колыбель ваша и камень для перехода через стремнину.

Всякий раз при виде места, где упокоены ваши предки, присмотритесь и увидите себя и детей ваших, танцующих рука об руку.

Воистину вы часто веселитесь, сами того не ведая.

К вам приходили такие, кто сулил вашей вере золотое будущее, а взамен вы отдавали им свои богатства, и власть, и славу.

Со мной же, ничего вам не обещавшим, вы были великодушнее:

Я ухожу от вас с неистребимой жаждой жизни.

Поистине велик дар, полученный вами: помыслы человека — иссохшие губы, а жизнь — неиссякаемый источник.

Вот моя слава и моя награда:

Я припадаю к живому источнику, чтобы утолить жажду, и нахожу воду жаждущей;

Она пьет меня, пока я пью ее.

Иные из вас считали, что мне, гордому, дары ни к чему.

А я скажу вам: гордый отвергает деньги, но не дар.

И хотя я питался лесными ягодами, когда вы приглашали меня к столу,

И спал перед храмом, когда вы готовы были дать мне кров,

Разве не ваша любовь и забота о днях и ночах моих делали ягоды сладкими и сновидения безмятежными?

Вот за что главная моя вам благодарность:

Щедро давая, вы сами не ведаете, что даете.

Воистину доброта, любующаяся собой в зеркале, превращается в камень,

И благое дело, нахваливающее себя, становится проклятием.

Иные называли меня замкнутым, опьяненным своим одиночеством,

И говорили: „Он собеседует с деревьями, а не с людьми.

Сидит один на холме, взирая на город“.

Это правда: я взбирался на холмы и забредал в отдаленные уголки.

Мог ли я иначе как с высоты или с большого расстояния разглядеть вас?

Разве не надо отойти, чтобы приблизиться?

А иные обращались ко мне без слов, говоря:

„Чужестранец, любитель восхождений, зачем обретаешься там, где орлы вьют свои гнезда?

Зачем ищешь недосягаемого?

Какие бури ловишь силками своими?

На каких неведомых птиц охотишься в небе?

Живи среди нас.

Спустись вниз, утоли голод нашим хлебом и жажду вином".

Их одинокие души так говорили со мной,

Но будь их одиночество сильнее, они бы поняли, что искал я тайны вашей радости и боли.

И охотился я на ваших двойников небесных.

Но охотник был также дичью:

Стрелы мои вонзались мне в грудь.

И орел был рептилией:

Пока крылья мои были распростерты под солнцем, тень от них на земле была черепахой.

И я, верующий, был также сомневающимся:

Я вложил персты в свою рану, дабы укрепить свою веру в вас и умножить свои знания о вас.

И вот с этой верой и знанием я говорю вам:

Вы не заключены в ваши тела и не привязаны к вашим домам и полям.

Ваше „я" парит над горами и странствует с ветром.

Это не жалкая тварь, что выползает погреться на солнце и но-

131

рит землю, заботясь о безопасности своей.

Это вольный дух, летающий над землей и тающий в небе.

Если слова мои смутны, не пытайтесь их прояснить.

Смутностью и туманностью все начинается, но не заканчивается,

А я хотел бы остаться в вашей памяти как начало.

Все живое зарождается в тумане, а не в кристалле.

И не является ли кристалл сгустком тумана?

Вспоминая меня, помните:

В ваших слабостях и замешательстве — ваша сила и решимость.

Не дыханием ли вашим сотворен и укреплен ваш костяк?

И не из снов ли, которых вы сами не помните, вырос сей город и все, что в нем?

Если бы вы могли видеть дыхание, то были бы слепы ко всему остальному;

Если бы могли слышать лепет мечты, то были бы глухи к окружающим звукам.

Но не жалейте о том, чего вам не дано.

Пелену с ваших глаз снимет Тот, кто соткал ее;

Глину, которой забиты ваши уши, вытащит Тот, кто месил ее.

И прозреете.

И услышите.

Но не станете сожалеть, что были слепы, и не станете сокрушаться, что были глухи.

Ибо в этот день уразумеете тайный смысл всего живого

И благословите мрак, как благословляете свет».

Сказав это, он оглянулся и увидел у руля капитана, который то поглядывал на паруса, наполнившиеся ветром, то устремлял взор вдаль.

И он сказал:

«Завидная выдержка у нашего капитана.

Дует попутный ветер, паруса трепещут от нетерпения,

Руль вымаливает команду,

А он все ждет, когда смолкнет мой голос.

И моряки, привыкшие слушать хорал великого моря, внимают мне терпеливо.

Но больше ждать им нельзя.

Я готов.

Река достигла моря, и Мать в последний раз прижала сына к груди.

Прощайте, жители Орфалеса.
День кончается.

Он закрыт для нас, как лилия закрылась до утра.

Что было нам дано, то сохраним, А ежели не хватит, то снова придем всем миром и протянем руки к Дающему.

Помните: я к вам вернусь.

Дайте срок, и мое желание сотворит из праха другое тело. Дайте короткую передышку на ветру, и другая женщина родит меня.

Прощайте же вместе с молодостью моей, которая прошла среди вас.

Кажется, вчера встретились мы во сне.

Вы песней развеяли мое одиночество; я построил башню до неба из ваших мечтаний.

Но бежал сон от нас, развеялась мечта, и рассвет наш давно в прошлом.

Близка полночь, пора расставания.

Если суждено нам встретиться в сумерках воспоминаний, песнь ваша, обращенная ко мне, прозвучит с новой силой.

И если руки наши соединятся в другом сновидении, то мы построим новую башню до неба».

С этими словами он сделал знак морякам, те мигом выбрали якорь и отдали швартовы, и корабль взял курс на восток.

В тот же миг толпа выдохнула, как один человек, и этот крик полетел в сумерках над волнами, подобно трубному гласу.

Лишь Альмитра молча глядела вослед кораблю, пока тот не скрылся в тумане.

Люди давно разошлись, а она все стояла на волнорезе, вспоминая его слова:

«Дайте короткую передышку на ветру, и другая женщина родит меня».

СОДЕРЖАНИЕ

Джибран Х.

Д 41   Пророк / Халил Джибран ; пер. с англ.
С. Таска. — СПб. : Азбука, Азбука-Аттикус,
2020. — 144 с. — (Азбука-классика).
        ISBN 978-5-389-07951-9

Халил Джибран (1883–1931) — выдающийся ливан-
ский и американский писатель, художник, философ и
поэт, автор удивительной книги «Пророк», благодаря которой он стал самым популярным арабским писателем
в мире. Это короткое и вместе с тем масштабное произведение, созданное в виде притчи, охватывает все важ-
нейшие формы жизни человека и находит путь к сердцу
каждого читателя, независимо от возраста, националь-
ности или вероисповедания. Создав замечательной кра-
соты поэтический эпос о проповедях Альмустафы, пророка Нового времени, призывающего людей к обретению
духовной свободы и высшей гармонии, Халил Джибран
обеспечил себе литературное бессмертие и славу одного
из величайших эзотерических авторов двадцатого века.

УДК 821.111(73)
ББК 84(7Сое)

Литературно-художественное издание

ХАЛИЛ ДЖИБРАН
ПРОРОК

Ответственный редактор Кирилл Красник
Художественный редактор Валерий Гореликов
Технический редактор Татьяна Раткевич
Компьютерная верстка Светланы Шведовой
Корректоры Маргарита Ахметова, Татьяна Бородулина
Главный редактор Александр Жикаренцев

Подписано в печать 13.12.2019.
Формат издания 75 × 100 $^{1}/_{32}$. Печать офсетная.
Тираж 2000 экз. Усл. печ. л. 6,3. Заказ № 9367/19.

Знак информационной продукции
(Федеральный закон № 436-ФЗ от 29.12.2010 г.):

ООО «Издательская Группа „Азбука-Аттикус“» —
обладатель товарного знака АЗБУКА®
115093, г. Москва, ул. Павловская, д. 7, эт. 2, пом. III, ком. № 1
Филиал ООО «Издательская Группа „Азбука-Аттикус“»
в Санкт-Петербурге
191123, г. Санкт-Петербург, Воскресенская наб., д. 12, лит. А

ЧП «Издательство „Махаон-Украина“»
Тел./факс: (044) 490-99-01. E-mail: sale@machaon.kiev.ua

Отпечатано в соответствии с предоставленными материалами
в ООО «ИПК Парето-Принт».
170546, Тверская область, Промышленная зона Боровлево-1,
комплекс № 3А.
www.pareto-print.ru

Y-AKB-15954-04-R

Кобо Абэ
ТЕТРАДЬ КЕНГУРУ

«Тетрадь кенгуру» погружает читателя в мир грез, балансирующий на грани безумия... своего рода гибрид «Превращения» Кафки и «Голого завтрака» Уильяма Берроуза.

The New York Times Book Review

К	О	Б	О
	А	Б	Э
🚶	Т	Е	Т-
Р	А	Д	Ь
К	Е	Н	-
Г	У	Р	У

Последний роман всемирно знаменитого «исследователя психологии души, певца человеческого отчуждения» («Вечерняя Москва»), «высшее достижение всей жизни и творчества японского мастера» («Бостон глоуб»). Однажды утром рассказчик обнаруживает, что его ноги покрылись ростками дайкона (японский белый редис). Доктор посылает его лечиться на курорт Долина ада, славящийся горячими серными источниками, и наш герой отправляется в путь на самобеглой больничной койке, словно выкатившейся с конверта пинк-флойдовского альбома «A Momentary Lapse of Reason».

ИЗДАТЕЛЬСКАЯ ГРУППА
АЗБУКА-АТТИКУС

В состав Издательской Группы
входят известнейшие российские издательства:
«Азбука», «Махаон», «Иностранка», «КоЛибри».

Наши книги — это русская и зарубежная классика,
современная отечественная и переводная
художественная литература, детективы, фэнтези,
фантастика, non-fiction, художественные
и развивающие книги для детей,
иллюстрированные энциклопедии по всем отраслям
знаний, историко-биографические издания.

Узнать подробнее о наших сериях и новинках
вы можете на сайте

www.atticus-group.ru

Здесь же вы можете прочесть отрывки из новых книг,
узнать о различных мероприятиях и акциях,
а также заказать наши книги через интернет-магазины.

ПО ВОПРОСАМ РАСПРОСТРАНЕНИЯ ОБРАЩАЙТЕСЬ:

В МОСКВЕ

ООО «Издательская Группа „Азбука-Аттикус"»

Тел.: (495) 933-76-01,
факс: (495) 933-76-19

e-mail: sales@atticus-group.ru;
info@azbooka-m.ru

В САНКТ-ПЕТЕРБУРГЕ

Филиал ООО «Издательская Группа „Азбука-Аттикус"»

Тел.: (812) 327-04-55,
факс: (812) 327-01-60

e-mail: trade@azbooka.spb.ru

В КИЕВЕ

ЧП «Издательство „Махаон-Украина"»

Тел./факс: (044) 490-99-01

e-mail: sale@machaon.kiev.ua

Информация о новинках и планах на сайтах:

www.azbooka.ru
www.atticus-group.ru

Информация по вопросам приема рукописей
и творческого сотрудничества
размещена по адресу:
www.azbooka.ru/new_authors/